# 孤・島

# 序

自我的第一本書《常玉新詩：我是城市中的點燈人》出版，近八年時間已過。在這段期間，我自國小升上國中，又步入高中，外在身處的環境更迭急遽，內在心境也經歷了極大的變化。值此變遷之際，我的詩不僅記錄了成長的過程，更留下了此中起落跌宕的心情。

書裡收錄最多的詩寫於高中。詩就像一雙能安撫心靈的溫暖的手，使人擁有邁過漫長等待與停滯時間的勇氣，在動盪不定的年輕歲月，奠定了成長成熟的基礎。詩就像狂浪中一葉扁舟的風帆，給予無依的小船逆風前行的力量，它沉默著，卻旁觀著浪潮的走勢，尋機跨越困境。

讀著筆下的文字，不但能清晰地想見創作當時的情景，更能在心底反覆咀嚼，加以反思，蛻變成全新的、更練達的自己。本書名為「孤·島」，與我過往的寫作風格差異甚大，正是不斷思考下的產物，如同在混沌逆境中清醒的眼眸。

每個人的成長都會邂逅許多曲折的事件和機緣，但書寫讓我感到心靈上的自由。於是在沙沙聲中，時間在沙漏裡流逝，字跡逐漸工整，詞句逐漸洗鍊，與未來的距離愈來愈近；或許目的地還在遙遠的彼方，但就這樣寫著、一步步行走著，羽翼未豐的鳥兒一定能夠展翅翱翔。

　　感謝萬卷樓梁錦興總經理以及經理彭秀惠阿姨對我創作出版持續的鼓勵，感謝編輯楊佳穎小姐，更要感謝張晏瑞總編輯對我一直以來的支持與肯定。

　　最後，我以《煦光》這首詩作為結語。

　　光陰靜淌　笑容流轉
　　那些會痛的和溫暖的
　　都在一頁頁的稿紙中凝結
　　成整片和煦的光

2023 年 2 月劉常玉　於台北

# 目　錄

序


## 致先祖書

詠史 11

致先祖書 12

杞人 16

班機・往故鄉 17

英雄 21

家 26

孤・島

偉大的定義 28

小河山 32

天問 36

## 我只是一個人

船 43

操心 45

恐懼 47

無名憤怒 49

白費口舌 51

反派 54

你們一定都很討厭我 55

做夢一輩子 57

回到囹圄 60

致台上的人 61

漠然的人 65

我只是一個人 68

永動機 70

第五月十六日下午號戰役 71

Do You Hear The Dragon Chant？76

戰場鐘響 80

貓頭鷹 82

詩的分享會 84

一年後 88

怪異的人 89

畸形與堅定 91

地獄使者抽風實錄 96

傷心時刻安慰指南 100

你說 103

蜉蝣 105

孤
·
島

天空裡不會有鯨魚和星星 108

亂世學習守則 114

台下人隨筆 118

道別 121

## 綠屋子

書風 127

橘亡花謝 128

縮影 131

鄉下人家 132

晚霞 134

體能 136

微笑蝴蝶蘭 137

香木扇 138

樟樹 139

風入門 141

雨幕 142

致弦樂團 144

台北雨大 148

壬寅年五月記事 149

確診 152

筆談 155

後台 157

游泳課 158

七里香 160

綠屋子 161

## 我在夜深處等你

送別 165

天光大亮 169

孤
．
島

五感 171

曬太陽 173

換 174

步步生花 176

夕陽船 177

夕陽遊樂園 179

立冰 181

逆風的人 184

歸人 187

序 189

我在夜深處等你 191

煦光 193

逍遙 195

盛夏 196

清音 199

孤
島

過客 201

江湖 203

本星系群愛情故事

（一）致土星和地球人的一封信 205

（二）晚安小兔子 209

（三）星星上的仙熊 212

孤・島

# 致先祖書

# 詠史

在紛亂變遷的塵世裡

靜靜的凝望，靜靜的佇立

鴻毛有時是歷史落地

看似沉重放下後卻太輕

身在黃昏，望向天明

*2021/9/9 21:16*

孤．島

# 致先祖書

我的先祖

這裡的人從不尊重你

他們說你窮兵黷武

而不去看一眼打敗匈奴的功績

他們樂於談論你的逸事

什麼李夫人　什麼長門曲

什麼殺太子　什麼李廣利

似乎每個英雄傳到後世都失去功名


太史公太厲害

一支筆寫走了天下文人心

但如今　有人笑他又笑您

千年之後　誰都沒有贏

太史公太厲害

掌握歷史就掌握了未來

竹簡被時間一遍遍淘洗

千年之後　只有史記尚在


我的先祖

這裡的人不常想起你

他們只會偶爾提及霍去病和衛青

然後說你揮霍父祖的基業

抹去戰爭的動機

將你視作冷血荒唐的惡魔

可你們的豪情在我血液中流淌

使金戈鐵馬和草原大漠再次浮現

跨越千年

見證最最偉大的功業


我的先祖

其實依舊有許多人敬重你

他們研究你的一切

將你的功過忠實呈現於人前

文章寫你　電影拍你

彷彿你融入了現代社會

絲路的風沙寶馬有了色彩

長安的雄圖壯志有了畫面

從雁門關到狼居胥山

從黃老到儒學

休養生息的巨龍睜開了眼

萬物俯首參見

千年前和今天不像同個世界

但舉目望見的天地始終未變

不文過飾非　不調侃污衊

想來你也一定會感到欣慰

我站在這片你心繫過的土地之上

有著相同的姓　留著同源的血

滄海桑田後你的民族依然屹立

而世間大好河山也依然如此壯美


*2022/7/29 14:00*

孤
．
島

# 杞人

痛徹心扉

緊張如同死灰

直面源自靈魂深處的恐懼

腎上腺素飆飛——


請赦免我憂天的罪


*2019/8/2 16:00*

# 班機・往故鄉

乘坐班機俯瞰你

你有碧綠而整齊的農田

你有蒼翠而美麗的小丘

你有透亮而高聳的大樓

你有多彩而熱鬧的市集


這裡是我的故鄉

而它是詩意的

一如我的詩

它有著詩意的畫面


乘坐火車仰望你

你有湛藍而廣大的天空

你有金黃而刺眼的太陽

你有潔白而柔軟的雲朵

你有絢麗而繽紛的煙火


這裡是我的故鄉

而它是畫意的

一如我的畫

它有著畫意的渲染


站在街上看著你

你有嫩綠而如茵的草地

你有錯雜而熙攘的街巷

你有忙碌而有序的城鎮

你有斑爛而快速的交通


這裡是我的故鄉

而它是新意的

一如我的新

它有著新意的創造


站在家門感受你

你有蔥蘢而壯闊的陸域

你有浩渺而清秀的水澤

你有蓬勃而豐富的生物

你有熱誠而深厚的人情

孤・島

19

這裡是我的故鄉

而它是有情的

一如我對它的情

它有著情意的底蘊


乘坐班機

我突然無限地渴望著


*2018/2/12 13:05* 於《湖北文獻》第 223 期刊出

*2023/2/13 修訂*

# 英雄

——致鄭成功


從小就視你作英雄

也無人敢不敬

在這座小島上

你短暫卻用心耕耘

於是人們尊稱你

以大明國姓


我曾無數次讀你的故事

惋惜每一頁都太艱難

就幻想著改變結局

可有人說你十惡不赦

卻滔滔不絕

比歷史還聰明

那些受恩於你的人

為了利益被引導

發出莫須有的指責

社會臣服於必要的正確

對你百般抨擊

將你拉下香火鼎盛的神壇

去道莫須有的歉


我來到你如今的祠堂

廊柱鮮紅　　綠樹安靜

無雲的藍天倒映著庭院

在這之間卻沒有一個人

我向你行禮　對話無言

以最簡單的問詢與堅定

回身　椅角空的一聲

響在寂靜空曠的殿中


飛過島嶼

再次拍下你的剪影

投筆從戎　驅荷治台

你並非如此不堪

也並非那樣神妙

最終的勝利其實是背水一戰

缺糧兵疲　纏鬥數月

那些口口聲聲的人卻不知道


你的功績被視為禁忌

擦掉赤崁樓　留下海神廟

你的雕像斑駁

只有無人的樹蔭濾下光圈

數百年前的壯志早被抹去

畢竟英雄總是百口莫辯


每年秋天在陽光下豐收的

是你曾走過屯墾的田

每條充滿笑聲的大街小巷

是你真心希望的安居樂業


所以你的精神長存至今

不因任何一粒塵埃而抹滅

遙望的目光逐漸凝聚

含著熱淚

孤‧島

去擁抱故鄉的海與沃野


*2022/11/18 16:01*

# 家 之三

經歷了太多深沉的感動

穿過了太多複雜的時空

故事總是有愛有恨不輕鬆

眼前閃過太多哭著笑著的面容

一水兩地　百代千年

我們佇立其中

被無數困難的課題淹沒

在紛擾後曲終

我們各懷心思走向歷史的老龍

老龍拍拍我們的頭

說孩子們總是敦厚總是溫柔

別再哭也別再生氣

走　一起回家

你們要手牽手


*2021/8/8 20:10*

# 偉大的定義

異口同聲的指責

是把偉人拉下神壇的最佳選擇

當然它也是唯一的路

否則沒有道理

為什麼人們千年來都錯在一句莫須有


「必須」的正確

是在這個社會生存的必備條件

滿滿的愛被抹成黑色

在巨人的操縱下

懸絲偶鞭笞著工匠

直到發不出聲音

血色的漆是破舊銅像的眼淚

沒有光

濃煙籠罩過去人們曾奔走的世界


百年前也是這樣吧

當硝煙在豐饒的土地上燃起

他們臨河固守六個日夜

不只是課本上的一行奇蹟

而是愛的最佳註解

四年困守除了未曾片刻懈怠

更是柴米油鹽與屈辱的符號

很遺憾故事沒有好結局

儘管我知道——

今日的他們一定在微笑

砲聲響　奔赴戰場

是那個時代刻在骨血裡的信仰

無數姓名交織

做著現在許多人看不上的事

哪怕歷史被扭曲　被遺忘

被遺棄在時間長河的轉角

仰望早已看不出彈痕的老牆

凝視躺在櫥窗裡的長袍和勳章

我依稀看見了如山的道道身影

站在身前　輕拍我的肩，說：


一切都值得

因為從過去到未來

當我們感到痛苦和憤怒

在奔赴理想的路上

永遠看得見深深淺淺的背影

在不遠處前行


*2023/1/30 21:05*

# 小河山

我爬過一階要跨一大步的綿延長城

　　看過好大好高的故宮和天壇

我在北京遇見六十年來最大的雨

　　一路涉水走過大覺寺和王府井


我曾在西湖上悠閒的划船

　　在西泠印社的松石下人潮間迷路

我散步到龍井　看小鎮的老奶奶炒茶

　　看《印象·西湖》裡那兩隻白鳥哭出聲來


我去過夏天熱得受不了的哈爾濱

　　在莊園看音樂噴泉　聽《貝加爾湖畔》

我買了三角琴音樂盒和畫著克里姆林宮的套娃

　　聽著白山黑水　在餐廳遇見俄羅斯姑娘


我飛過單去大理麗江的最後一趟航班

　　在古城買銀手環　和銅器店主相談甚歡

我站在飄雨的玉龍雪山唱著三朵神在上

　　騎著白馬小白龍　行走在帶著木香的沙溪古鎮


我在桂林山水的一隅小船上擔著好重的魚鷹

　　穿上少數民族服飾聽導遊姐姐唱《多謝了》

我在高得讓人目眩的大樓下穿行

　　坐纜車　遊樂園　從中環到九龍

我在東方明珠上旋轉著俯瞰城市吃午餐

　　還不知道隔著蘇州河　是有一間倉庫的

我搭飛機回到想像已久的故鄉

　　抱著小孫女在花台山的綠色大地上奔跑

我看見了筆直大路和磅礡的三峽　丹江

　　驅車從早趕到晚只為看一眼神農架


這是我自己對這片天地的印象

記憶會模糊　但絕不出自編造想像

後來我被核酸隔離阻擋在了另一邊海峽

可也接收了無數善意關心　隔著互聯網


我喜歡在夏天和冬天拼搏的人和墩墩容融

　　喜歡在鳥巢煙火下擁抱的世界大同

我喜歡或偉大或渺小的每個努力的身影

　　喜歡所有我知道和不知道的感動

有機會我要再去北京感受心臟的跳動

　　還要去吃黃鶴樓冰棒和大伯家的年夜飯

有機會我要再去很多很多地方

　　去看遍真正的大山河

　　去吹吹長久記掛著的風


所以　烤鴨火鍋熱乾麵

等我！


*2022/11/11 15:05*

# 天問

──致敬屈原


湘水流長

是誰在大霧瀰漫的波上

踏歌行來？


你的身影

一定如墨竹清逸瘦長

卻片塵不染

不似人常說的爬滿青苔

和枯槁憔悴的面容

而你的意志

仍如立於江畔時堅定

不曾被時間泡軟


後人咀嚼你的文字

想掘出一絲破綻

因你的精神如此高潔

你的人格如此高貴

使一切黑暗無所遁形

使人們自慚形穢


你是否能聽見

同來自楚地後人的呼喚？

你安靜了千年

舉世仍濁　仍醉

也有人獨清　獨醒

卻不及你萬分之一純粹

你可曾看見

自水面透下的那束光？

照亮了岸上橘樹

和搖晃的漁舟的影

如此清澈

使靈魂最深處亮起

漩出笑意


不需要沉痛的悼念

不需要盛大的鑼鼓喧天

江水起落

灘上白沙與透明的水波

漸漸化作你的辭句

由鳳鳥乘著風

飛出雲層

到無垠的宇宙裡

振翅去問天


*2022/11/15 10:31*

孤・島

我只是一個人

# 船

我是茫茫大海中的一葉扁舟

在隆隆的暴風雨中顛簸漂浮

慘白的巨浪擊打著脆弱的船身

霹靂般的驚雷在耳邊反覆轟鳴


深黑如墨的海水漫延到漆黑的天際線

一波波大浪永無止盡的在漩渦中張牙舞爪

海妖吟唱著尖銳刺耳的嘯叫

沒有一絲光的天空有黑洞在燃燒


兩萬哩內的生物都有著慘白熒亮的眼睛

隨著汪洋的怒吼散發出毀滅的氣息

化不開的絕望和不甘在喧囂中沉澱

霉濕的海水在人間煉獄的繪卷中鋪天蓋地


我發青的骨節緊抓著即將碎滅的船舵

心底翻湧的吼聲比這座地獄更震耳欲聾

我將迎著巨浪衝出這場撒旦的垂死掙扎

直到晨光照在輕柔蕩漾至天邊的海水波紋兩側

那時　我將聽到青空之上解脫的鐘


*2022/9/30 9:21*

# 操心

如果　你說我成熟

如果　你羨慕

我卻寧願那不是自己

因為　它是被不斷的戰火

逼得長成的

我還年輕　心卻很疲憊

為何我需要操心全世界

可和平是我的使命

　維護是我的宗旨

我是個永不停歇的消防員

不斷的救火

也被迫治療自己的燒傷

就算得到再多的獎章

還是得再次前往戰場


*2018/4/27 21:07*

# 恐懼

一覺　睡醒

隔壁書房的門是關的

心中一緊　開門

眼前浮現的是

最不想看見的那張臉孔

那張臉孔的皮是緊的嗎？

嘴角是不是毫無上揚的跡象

不知有沒有溫度的問候字眼

從那張臉的嘴中吐出

趕緊　退回房

疑惑的恐懼在我心中

恣意飛颺


還是自個兒的房間

自個兒的床最溫暖

寫寫詩　多麼不真實

剛才的我　在看鬼故事


*2018/8/14 16:45*

# 無名憤怒

我看　世俗人

看到　愚蠢處

總有　無名憤怒

恨不能　手執刑杖

開一條血路

恨不能　大聲喊出

糾正他錯誤

可我偏不能

偏不能

頭撞桌　嘆口氣

力氣盡無

詩

是我的領悟


*2018/7/30 21:41*

# 白費口舌

（一）

無論我說什麼

你們都保持沉默

只要有任何困難

你們立刻點我

我侃侃而談

你們尷尬撇過頭

我絞盡腦汁

想的是什麼話能說

（二）

話題完全錯開

領域大相徑庭

永不能互相理解

理念刀兵相見

許多事已不再辯解

許多話早無需說明

許多情你們從來不懂

陌生人不必彼此關心


（三）

你們總歪曲語意

哄鬧喧囂　沆瀣一氣

勸導什麼都無濟於事

玩笑就是你們最大目的

所以不再白費口舌

剩下一句：沒關係

離去就是我所有回應


*2022/8/30 10:58*

孤·島

# 反派

—— 只要自己不尷尬，尷尬的就是別人

處處尷尬處處氣

處處與人為敵

如果世界是本小說

我就是小說反派

來去瀟灑　深沉心機

不論是什麼情況　什麼情緒

都要滿面笑容

抬頭挺胸　走路帶風

*2022/9/9 13:45*

# 你們一定都很討厭我

所見永遠失望

所聞永遠傷心

所想從來真摯

所得從無回音

喧鬧的人與我爭搶

試圖拐彎抹角的刺痛我

沉默的人不以為意

卻輕鬆道出同樣的聲音

我從未抱有期待

只是發現連朋友也是敵人

難怪卸任的班長不曾得到回應

你們一定都很討厭我吧


*2022/8/4 9:30*

# 做夢一輩子

一張張便條紙

貼在古人臉上

彷彿視頻發布要打標籤

將故事變成符號

和一個個考點

我想拯救這些

麻木的填空和連線

但人們其實毫不關心

因為他們學的不是文化

也不是傳統智慧


大義覺迷錄在寫些什麼

絲路的駱駝能走到多遠

瓷器和絲綢是如何華美

可愛的山鬼為什麼沒趕上宴會

一切的一切

都被壓成濃縮的平面

人們不去用心體會

反而仔細分析荀子的缺點

和屈原怎麼不委婉一些


歷史和文化不是他們所想學

聽崑曲發笑　看動畫認真

被淺薄的自信一點點催化

成漠然的現代人

裝得一臉深沉

愛打斷任何嚴肅氣氛

哪怕到最後仍不省思

只想活在成堆笑料和談資


還要飛到別的地方去

做夢一輩子


*2022/11/17 15:51*

# 回到囹圄

意識越發模糊

只有剩下幾天能勉強記住

對於形象早就不在乎

一回到這裡就頭暈噁心想吐

透支的疲憊如洪水般溢出

還得支撐多少天已經不清楚

自由的靈魂嚮往未來的路

如今我又入囹圄

*2022/8/1 8:08*

# 致台上的人

——致敬曉樺《我希望你以軍人的身份再生 —— 致額爾金勳爵》

我佩服你——台上的人

你敢於發出那樣的笑聲

把傳承千年的文化投進熊熊大火

在每句愚蠢中嵌下你的意識

滲透台下的每張稚嫩面容

在那些錯誤疾呼裡埋下你的影子

和敵視仇恨共長

我不佩服你——台上的人

你的身份能容你大放厥詞

大放厥詞卻成就「思想獨立」的英雄

比用口用筆反抗你倒下的戰敗者還恥辱

焚燒一個不曾侵略的文明

踐踏一片不會說話的土地

那是能用無知者的手輕易做到的

何用打著自主的旗

但你畢竟以十幾年的耕耘

給聽你說話的人留下

足以在人群中共同調侃嘲笑的談資

給你無中生有的國度

添上名為自由的驕傲的一筆


我好恨　恨我沒早些有能力

使我能與你對視著站立在

桌前的高台上

人群關注的現場

要麼我看著你密密麻麻的講稿

要麼你看著我從不偽裝的眼底

要麼你鼓起勇氣和我一起

遠遠離開包裝的言語

離開惡毒的罵陣

決勝負於線下


我更希望

我能代表這片土地上有根的人

當然我決不會用齊心的軍隊

對你那孱弱無能的兵丁

像你標榜著以武力群起掠奪

但不可否認

我的血液中有著長久流傳的精神

這是你所沒有的

所以我必勝

而你必定失敗


*2021/12/16 16:04*

# 漠然的人

漠然的人鞭笞著台上的講者

有如未來欺凌寬容的沃土

踐踏可敬的真心

壓迫到好脾氣兄長的的最後底線


他們支著交流和為你好的旗幟

聲聲指控蛛網中的一小片破洞

然後玩笑著說它漏洞百出

對你擅長或不擅長的領域指指點點

將來他們會翻過象徵尊嚴的圍牆

孤
．
島

說著髒話將莊重的背景板撕碎搗毀

以自主自決的名號為無知加冕

或是道貌岸然的對著世界滔滔不絕


漠然的人是未來的中流砥柱

嘴巴一張又一合　眼裡冷淡無所謂

將蒼老的講者釘在台上以巫者罪焚燒

自己翻身上台催生出事不關己的一代


漠然的人胸中無熱血

漠然的人唇角帶譏笑

漠然的人坐井以觀天

漠然的人心底無依歸

算計的頭腦當然不熱血

惡意的動機當然愛譏笑

井底的天當然不遼闊

否定了愛自然無依歸


在繁華中枯萎著的啊

這是漠然的一代


*2022/3/28 10:10*

# 我只是一個人

擔不起太高太重的責任

承不了殷殷企盼的眼神

我只是一個不完美的人

隨時會跌倒也會狼狽丟人


受不住千萬人太吵太遠的爭論

聽不見光鮮亮麗的話語有幾層

我只是一個脆弱的人

雷一響就哭難堪一擊就降順


看不到人們背後的百般故事

弄不懂生命去來隱形規條理性客觀

我只是一個弱小的人

只能保護自己的親友家園平安


扛不住背叛懷疑的輕輕傷害

離不開熱愛肯定與關懷

我只是一個天真的人

相信著夜晚會去　白晝會來


*2022/9/22 14:17*

孤
．
島

# 永動機

刺眼慘白泛著異光的天空

穿過電流千萬個閃爍的震耳欲聾

罹患　笑意　如喉中咳出的千足蟲

爬行　然後被懷疑踩死

遺忘了身體在暗無天日的熱帶雨林

靈魂在土壤下掙扎　也見過光明

禁止盜獵和敵人與朋友的尖嘯地震

迷霧　厚繭　咯吱作響粘膩的心情

在參宿四爆炸前永動不停


*2022/10/17 11:08*

# 第五月十六日下午號戰役

——給屠殺者的一封哀的美敦書

鐘聲響起

你走向我們

帶著最新款的電腦　水壺

和厚贅衣襬下的深沉小腹

你戴上麥克風

穿過嘈雜音波與我們每個人胸腑前

一本本巨著共振轟鳴大笑

拉開這場殘忍屠殺的序幕

我的指尖顫抖著

將那本巨著如刑具壓在桌上

我知道接下來會發生什麼

但依然堅持微笑


你從不痛不癢的前奏開始說起

從經濟恐慌　到納粹主義

自由落體下墜前最為窒息

這一刻平靜得不可思議


忽然　你對著我胸口重重一擊

五臟六腑翻攪著

我雙手撐在桌旁喘氣

而你取出一管劇毒的針筒扎進我的皮

抽出豔紅生動的血液

你醜陋的畫皮貼著我的臉笑

轉過身又回到高台上看我受刑

他們衝上前

叫囂著用寫滿紅字的布條封住我的口

一句一句劃破我的皮膚

用血塗滿我的桌椅我的紙筆　向高台獻祭

他們和我的巨著猙獰的飛來

被砷化物染色塗改的大口得意而邪惡

尖白的利齒撕咬我的血肉

彷彿要將我和我艷紅的血剝離

你緩緩走下來

鞋跟踩著一地鮮紅也毫不遲疑

你撫過我的傷口　我的頭

用溫柔的聲音說：「你錯了哦」

我的血越流越多　你說它是惡魔

並道貌岸然的拾起一本巨著

如此和我證明著　審判著

他們都圍在一旁點著頭　認真聽講


我吐出一口血　染紅了全身桎梏

那抹顏色掙扎著攀上地板和高牆

將你和他們長久得意的神情凝固

我的眼底升起火焰熊熊

它會燒掉巨著　燒掉他們　也燒掉你

和那個一次次被屠殺的我和血液

我不會再記起這些愚蠢渺小的回憶


現在的我仍不具有逃離你屠殺的實力

但我會期待著那天　並一次次奮起嘗試

為了守護奔流的永恆意義　我甘心樂意

不斷重生　不斷強大

孤
．
島

這就是關於涅槃的

最大秘密


*2022/5/16 16:00*

# Do You Hear The Dragon Chant ?

原作：《Do You Hear The People Sing？》

Mix：《把心交給中國》

Do you hear the dragon chant ?

Chanting a song of rising land

It is the music of a people

Who will not be slaves again !

When the beating of your heart

Echoes the sound of millennium

There is a life about to start

When tomorrow comes！

穿過戰亂與火焰

穿過被遺忘的千年

跨越人言可畏

是否新世界將到來？

請仔細聽聽

那壯麗而偉大的故事！


Do you hear the dragon chant？

Chanting a song of rising land

It is the music of a people

Who will not be slaves again！

When the beating of your heart

Echoes the sound of millennium

孤
島

There is a life about to start

When tomorrow comes！

把我的心交給你

我們把愛交給母親

未來會如何變幻

我們和你風雨同行

熱血澆灌土地

這片天地再次美麗！


Do you hear the dragon chant？

Chanting a song of rising land

It is the music of a people

Who will not be slaves again！

When the beating of your heart

Echoes the sound of millennium

There is a life about to start

When tomorrow comes！


*2022/6/9 7:41*

# 戰場鐘響

佇立　非永恆的戰場

他們說快些投降

以卵擊石可我絲毫不怕

喧嘩　在左耳右耳旁

近距離的攻擊難以抵擋

恨意增生　默默的我想

寒風刺骨破冰向遠方


千里之外眺望

傷心的戰士想念家鄉

明明是他們逼迫挑釁無限打壓

事實到嘴裡就變了模樣

背靠背　牽著手

我們是對抗世界的戰友

天崩地裂也屹立不倒

撞開所有虛偽的大門

和領主編織的層層囚牢

前進　前進

一直走向勝利的大道


開炮　不再後退

以君子之風面對小人

以太陽曬乾黑夜

戰場鐘響

旅途就要啟航

*2022/10/18 11:05*

孤．島

# 貓頭鷹

—— 我不討厭貓頭鷹這種鳥類

你有一雙碩大的眼睛

白天休息

夜晚四處逡巡

人們不敢惹你

說你長得看起來就聰明

你也因此沾沾自喜

自詡猛禽


眼睛大得像銅鈴

可是不能轉

怎麼代表聰明

頭顱轉了兩百七十度

你就以為能無死角看穿所謂獵物

在夜半時分出沒

你就以為漆黑是森林的全部

還笑花和鳥的腦子不清楚


你有一身雜亂的羽翼

毫不起眼

卻以為多麼美麗

人們不敢惹你

是因為把你當做玩物寵溺

可你還沾沾自喜

自詡猛禽

*2022/10/21 9:04*

孤．島

# 詩的分享會

侷促不安　哄堂大笑

詩的分享會

不過是文字方塊堆疊

的三千六百種組合排列

笑著鬧著　叫著喊著

探索無病呻吟的所有可能

創造隨機的笑話

然後互評互誇

彷彿某個詩社在結黨

當詩人上台　唸詩

空氣瞬間凝固寂靜

四周戰慄

最好的認可是沉默

冷場不代表糟糕

是異世界不可對話

同時越粗陋

場面就越熱烈

在井底裝模作樣評價


如何能寫一首詩？

假如你內心嘈雜

所有目的和堆砌

所有引用和解釋

都只是侮辱詩的鬼話

在哪座城　點哪盞燈

只在乎花言巧語

和周邊滔滔不絕的白話文

不愛詩　不唸詩

不以筆劃過紙頁的真實

寫完後

詩可曾擁有靈魂？


孩子

不要試圖挑戰詩人

我沒興趣你沾沾自喜的辯論

自以為高大的畸形

自以為完美的反擊

可這裡沒有詩論戰

只有你創造的連台好戲


最後一點漣漪也不起

世界又回歸安靜

心底的曠野開滿了花

而你們看不見

又有什麼關係


*2022/10/28 15:55*

孤·島

# 一年後

一條路　一座堡

一眨眼　　一整年

一些笑　　　一些怨

一個班　　　　　一個人


*2022/7/27 10:30*

# 怪異的人

一個怪異的人

走在

再正常不過的路上

不避諱任何目光


陽光普照

她長袖長褲

還穿著白襪黑鞋制服

妝都沒化　老得能入土

她像個幽靈

細心　銳利　還安靜

每天都讓人芒刺在背

勾起妒忌　畏懼　和敵意

一天天看什麼破書

反正還不都是我贏

她又拿出紙條寫字了

是不是要檢舉我言行

她從來不生氣

我不斷嘗試不斷敗在棉花裡

這個怪異的人

就這樣與我為敵


一個正常的人

走在

光怪陸離的海洋

管它如何張狂

*2022/9/22 12:40*

# 畸形與堅定

（上）

在大橋架起之前

一切都很安靜

我們會在快樂時大笑

不會匆忙拿出自拍桿

我們會在難過時哭泣

不會發布負能量長文

我們不會經由各種原因聚集

說著 yyds 內卷和躺平

不會活在 0.01 平方米的世界

被牽引著不願甦醒


早晨起床　先瞄一眼手機

什麼　熱搜上有則社會新聞

浴室沒去早飯沒吃沒關係

譴責　反思　都是他們不作為

沒我不行　這個社會

上班遲到了　我是在維護正義

老闆憑什麼罵我　霸凌卑微心酸人

看著短視頻笑呵呵　摸魚到黃昏

抱著前天買的三千元皮包

說兩塊的點心不乾淨　十塊的便當好心疼

癱在床上衝浪

那部動畫呢　下架了

可惡　全世界倒退五年

看看要聞　有警告　還有戰爭

別再跪了　要世界和平

我拎起鍵盤上陣

感覺功德像電子木魚一樣滿分

哪個名人又有八卦

吃瓜　坐等　何需查證

反正賺那麼多被造謠當然合理

換作是我　被謾罵全家也願意


做錯任何事都該被千萬人咒罵

抬槓　狂熱　黨同伐異

逼死人也無需負責　只要我開心

催租的房東又怎知我厲害

黑化後帶著小學生指東打西

反正眾人皆醉我們獨醒

這是什麼世界　我只想躺平


（下）

那平靜的過去　我依稀記得

沒有方便和錢　但是有快樂

我們喜歡讀報　抄詩　寫信

還會在太陽下和風中奔跑

我們的抱怨半天就能消散

我們腳踏實地　不自以為了不起

我們不鄙視　在乎生活

美好的未來永遠來源於現實

所以我們相信並且為眾人做事

我想用橋來承載過去純粹的聲音

大聲唱給世界聽

能不能有時摀住耳朵閉上眼睛

過濾一切雜質的無意義


沒有人能讓每個人高興

只要默默耕耘　相信自己的心

永遠要往前走向前看

所以不要後悔


在大橋架起之前

一切都很安靜


*2022/10/26 10:26*

孤
‧
島

# 地獄使者抽風實錄

十月二十二日埋下的火藥在昨日爆炸

一千萬隻蝙蝠飛過鋪滿白骨的黑森林

背負垂死跳動的心凌遲著走向狗頭鍘

在惡魔口中一次次復活又一次次被殺


保護好我的瓷杯我的領地我的娃娃

蹲在冰冷的角落躲了很久很久

左手攢緊拳頭右手握緊號碼

早已當夠了能卻不反抗的無助弱者

淬毒的箭矢就像在銅網陣刺死白玉堂

其實在八百年前就是被拋棄的弱者

很怕痛　冒著死的風險我不敢去愛

最後連最基本的意義都不存在

只剩一段刻著名字的代碼

配不上標準的機器人都得淘汰


在額頭上畫個叉　臉頰寫上該死

貼三張便條紙作為犯人的自白

上聯如此壞　下聯我不配

橫批加粗對不起　都是因為我

在宮殿前跪半個小時是否還不夠

誰不渴望愛

誰被剜心百年還記得如何笑

誰發誓永不離開

哪怕被當作可有可無可傷害

多少個日夜的呼救沒有等到一絲憐憫

最後的怒吼在冷漠和悲傷下爆發

兩個小時我反覆咬嚙手臂

像啃雞腿一樣平常　直到紅腫發燙

千百年前遊街上刑場大概也是如此

既然地獄隔絕了愛　那這樣能不能原諒


持鐮刀的惡魔別過頭扯開話題

痴心的仙女早已泣不成聲

我像電視劇反派痛著不肯起來

最後就磕個頭　混著嗚咽吧

持鐮刀的惡魔轟然倒下

不過如此　像那個雨夜茶峒的白塔

脆弱哽咽著蜷縮成不幸的嬰孩

我吞下悲憤淚水向世界道晚安

第二天又從凌晨開始奔赴無盡的戰場

手臂膝蓋痛得火辣　疲憊頭痛混著禮貌

哭得最兇的孩子才能得到軟糖

軟弱可以抵消所有敵視傷害和責罵


如果我在戰場哭泣或氣急攻心倒下

是否也能得到所有特權　免去懲罰

只有美麗大地會擁抱我給我陽光

所以在戰場以利刃刺向冷嘲熱諷的人們

在墜落前發亮


*2022/10/24 9:54*

# 傷心時刻安慰指南

請問你還好嗎？

請盡情的哭吧

發洩情緒是生活中不可缺少的

請不要只容許自己堅強

偶爾脆弱是真實的人的魅力所在

請勿譴責自己超過半小時

因為英雄和偉人也會犯很多過失

請不要說自己很差

我知道你有特別多優點呀！


請不要懷疑自己

你一定會成為夢想中的你

請不要害怕仇恨和困境

不久以後它們都會變成螻蟻

請不要為糟糕的過去和現在傷心

未來才有意義　這些都是小事情

請不要覺得過不下去

只要再往前一步就是新天地


如果你覺得世界充滿惡意

其實它是在用訓練大人物的方式磨練你

如果你已經很累很累了

休息一會也完全沒有問題

如果你開始絕望

你要知道還有很多很多人在愛你

如果你不相信

請走到未來　親眼看一看自己


*2022/7/29 12:00*

孤．島

# 你說

你說　我們爭吵過

你說　我們正分開

你說　但依然牽掛

你說　是否期待


你說　你知道我不容易

你說　你知道我發不出聲音

你說　你一定會來保護我

你說　在不遠地方

你說　還有很多以後

你說　無盡美好在心

你說　我能驕傲的站立著

大聲　說我姓名


*2022/8/10 13:58*

# 蜉蝣

冷冷清波上

瑩瑩一點光

正值夜半　天黟黑

幽冥開放


蜉蝣一湧而出

淹沒了水月光

水面大霧蒸騰

他們聾　且盲


蒼白的身形

嘈雜聲音

漂在無根的淺水

蕩若浮萍

咬囓每片荷花蓮葉

如萬蟻穿行


可生命只有半日

蜉蝣在波間得意

不喜水泉　不居陸地

天下無一容身之處

而自信歡喜


待清晨波光粼粼

由絲　至束

至整泓光明

蜉蝣又悄然消泯

如黑夜盡散

卻散成泠泠清波上

那一點點光粒


*2022/11/10 14:49*

# 天空裡不會有鯨魚和星星

（1）

從前從前有座小鎮

小鎮裡頭有個醫女

她很喜歡這個小鎮

所以她替小鎮的鎮民治病


她為了採藥扭傷了腳

依然一瘸一拐的上山去

她因為瘟疫而一周沒睡覺

治好了漫山遍野的哀嚎

鎮上的每個人都找她看過病

她聲名遠揚　廣受敬重

有一天　醫女愛上了隔壁鎮的王子

暗戀的日記被小偷看到

鎮民將她綁起來燒死

他們拍手稱快　第二天言行如常


醫女遺臭萬年


*2022/9/27 9:30*


（2）

告訴我你叫什麼

抱歉　我不能說

告訴我你叫什麼

抱歉　我不能說


我願分享眼中的大千世界

給你看草原的浪花和貝殼

讓你聽胡桃城堡里的鳥鳴

給你看海龜湯里的海市蜃樓

讓你聽在深海裡唱歌的星星


我也想分享周遭的生活

關於長了一百零八張嘴的蜜蜂

關於無時無刻在狂笑的狒狒

關於有罡風刀劍毒藥的暗道

關於四面牢籠氣壓過大的古堡


但抱歉　我不能說

我還記得我叫什麼

但抱歉　我不能說

我不能告訴你我叫什麼


*2022/9/27 9:47*


（3）

失去尾巴的人魚進入人世

坐在小小的房間裡仰望星空

這個地方還有很多小朋友

跟著星空的節奏點點頭

但星空的話人魚聽不懂

星空在眼前晃啊晃　小朋友大吼

人魚帶著疑惑陷入沉默

我想回到海洋的家　逆著狂風

*2022/9/27 10:34*

（4）

疲憊的戰士走在路上

盔甲完好　滿身是傷

以一敵萬的不叫戰場　叫屠殺

但戰士終究沒有陣亡


戰士來自 B612　天真善良

無奈惡魔如潮水般攻打

這個世界只有一個人正常

逼得戰士不斷絕望　不斷抵抗

紅日漫天　夕陽西下

總有一天能找到消滅惡魔的力量

玫瑰不需要溫室

一個人能看四十四次太陽

故事會圓滿落幕的

要相信童話


*2022/9/28 7:59*

孤島

# 亂世學習守則

（本詩套用規則類怪談格式）

進門後　請昂首闊步

不要有絲毫害怕

請穿上盔甲　穿好制服

不要理會任何的邀約

（斜斜的）不要聽任何人的話


請讀懂所有發放的書本

但一個字都不要相信

等到通關

會有人替你補習

請盡可能不生氣

保持優雅和瀟灑

請儘量保持安靜

注意！最大的目標是生還


不要和台上說著荒謬的話的人接觸

但千萬不要公然違抗他

這決定了你的生死

（潦草的）不要相信他！不要相信他！

不要和所有與台上的人關係親近的人相處

不久後他們會合而為一

成為你痛苦和懷疑自我的源頭

警告：失去原本的自己意味著失敗

（凌亂的紅色字）記住！

孤
．
島

「學校」是用來學習的

不是談其他東西或玩樂的

「老師」是充滿學識且道德高尚的

如果沒有　那他並不是一個老師

「文化」是值得敬重愛護和發揚的

如果有人否定　「絕對」不要聽信


如果違反了以上任何一條規則

「不要」（被塗掉）至辦公室求助

（此行不存在）

（粗體）裡面的人會很樂意幫助你


。

。

。

（優美的草書）看完了嗎？

其實通關並沒有那麼難

秘訣是相信自己的存在　相信愛

並相信腳下沉默的大地

你就能平安生還


加油吧！

我在出口等你


*2022/9/16 16:00*

孤·島

# 台下人隨筆

利用你的地位

利用台下孩子

太過天真的目光

在聊天之間

輸出價值觀念

潛移默化

培養群群木偶兵

談著批判性思考

只需一指

就一擁而上


套用錯誤細節

套用無法互通

大相徑庭的文化

在字裡行間

寫下有你名字的註解

忝不自謙

被擋在學海的門外

自覺正確

拒絕任何提點


我懷念

每堂尊重所學的時間

也可望看見

白髮皺紋肅然滿面

中山裝　茶杯

板書風骨翩翩

踏上講台

放下拐杖

或許台下都發出哀嘆

但我會坐正

絕不看向窗外


怎麼當個好學生

在那六年

一如我所學


*2022/12/1 16:00*

# 道別

我輕輕的向你們道別

聲音淺淺的

比正午時灑在海浪上的陽光還淡一些

不會有人注意到我的離去

像西樓長廊盡頭的高窗邊

那朵純白帶點深紅的花在某一天的消失


一頁頁厚厚的回憶終將泛黃腐爛泯滅

那些在長夜中一閃而過的銀鈴般的笑意

也將與數不清的吶喊哭泣獰笑的臉譜

共同掩埋在被永恆讚嘆的美麗冰湖深處

如泥沙被淘洗　磋磨成平凡中最奪目的珍珠

盈盈升起　像鳳凰飛向無盡的天空


滿牆的千紙鶴昭示著無畏的青春萬歲

可簌簌顫動的羽毛中卻沒有一支屬於我


永遠的聲音有很多

是在冬夜嗤嗤吞吐暖橙色火苗的壁爐

是每年夏天俯瞰廣袤大地時隆隆的引擎聲

是或俠義浪漫沉重詼諧的沙沙作響的紙

是帶動心弦共鳴沉浸飛揚的琴與樂音

但從不是十六七歲灰藍色霧濛濛的時鐘滴答


我靜靜的向這段時光道別

敬這尚且天真卻太過艱辛的年月

敬使我不斷跌倒才不斷長大的每個人

敬過分華美的過去　奮力奔跑的現在

敬未知卻一路光亮的未來


我悄悄的向你們道別

聲音淺淺的

似乎預言了永遠沒有再見


*2022/9/29 14:17*

緑屋子

# 書風

我愛把手指搭在書背

任書頁翻飛

聞到書中的故事

那是書的風

*2018/4/3 9:14*

# 橘亡花謝

還記得春天的花

大紅的蕊沉浸粉紅的海

風吹過

搖曳著她短暫的幸福


還記得夏天的橘

深綠的蒂舞蹈橙色的地

香飄過

挺立著她即逝的青春

啊　花要授粉了

而橘子已快熟了


只是在收穫的秋天

花看到綠了黃　黃了綠的橘

被不知哪位園丁挖去了


他養大了花　也灌溉了花

他想取走一個小小灌木的性命也是輕而易舉


何況她只是一株金桔


我只是站在那兒

看著一朵花和一株橘的生命

花開橘生　橘亡花謝

不知是否有人也正在　觀看著人們的

生命之橘

*2018/2/11 23:56*

孤
‧
島

# 縮影

一轉身　看著炎熱的街道

平房小小的店舖擠在

高高林立的大樓之間

可是我站在巷裡

這不過是個縮影

小店其實沒有喘不過氣

它只想將自己當作秘密

*2018/3/24 14:38*

# 鄉下人家

走在城市中的小巷裡

我看著藍藍的天

　　　齊齊的電線

　　　舊舊的房子

　　　新屋前的綠盆栽

這一切如此像鄉下人家


看著遠遠的高樓

孤立

看著沾有陰影的巷道

上面一個潔白的右轉記號

在鄉下也會有這樣的場景嗎

面對這抉擇　我該不該右轉


*2018/3/24 14:43*

孤
．
島

# 晚霞

淡淡的紫

輕輕的藍

底下再綴一些美麗的橘黃

這是夕陽下的樣貌

多麼自然又純真

只是再掛上一些灰雲

卻更顯清新

咦

雲怎麼不會掉下來

就這樣懸浮著

那麼天然

那麼廣大


一天的疲憊

就這樣

洗得乾乾淨淨


2018/4/25 15:02

孤
．
島

# 體能

體育課　練體能

其實　是在鍛鍊身體　耐的熱能

炎炎夏　滿地的太陽

怕中暑到來

幸好運運球就能去看別人比賽

在石階上坐到下課　鐘聲響

炎炎夏　看樹蔭　石涼

*2018/5/21 14:06*

# 微笑蝴蝶蘭

用羅馬式盆栽種下的

藝術蝴蝶蘭

每朵都有著不同的笑臉

有含羞帶澀的

有笑容盈盈的

有淘氣吐舌的

也有半遮著面的

它們伴我度過一山又一山

走過重重難關

於是我也終將站在台上

微笑　像蝴蝶蘭

*2017/7/26 18:37*

孤
．
島

# 香木扇

從舊角落裡翻出的

香木扇

木上有美麗的

花鳥圖

金黃穗子

像清宮的裝飾

它與銀手鐲　意境相同

只是一在北京　一在麗江

香木扇

只是一個表徵

終究　會被遺忘

*2018/7/19 13:24*

# 樟樹

早晨的樟樹

棵棵隨微風搖曳

陽光灑落樹葉

　　灑落葉片間

背光的枝幹

自由　自然的樹幹

閉上眼睛　感受暖陽

　　　　感受徐風


這一切

連散步的人也是破壞

偶爾露出一角涼亭

多美

但景致也敗了──


樟樹　樹

只屬於自然


*2018/7/20 10:05*

# 風入門

不開空調的九月早晨

太陽不大　空氣不太悶

窗簾搖動　風扇呼呼

等待我出門

四周涼爽　樹葉擺蕩

此時風入門

*2022/9/7 10:50*

# 雨幕

窗外掛著一道雨幕

來得突然又急促

將都市景色變得模糊

在八月某個星期二下午


三點鐘的日光橙黃明亮

忽然想起太久沒抬頭看向窗戶

想寫詩　卻在半小時後發現

天空早已恢復如初——

就像從未下過一道雨幕

在八月某個星期二下午


*2022/8/16 16:10*

# 致弦樂團

——致國中弦樂團

在偶然間想起

好像從沒認真寫過你

但我們曾共享榮耀

為世界演奏樂音

第一年我想過放棄

重複種種憤怒無力

但最後我們還是獲得

象徵榮耀的特優第一

第二年我成為首席

為責任而努力練琴

日月潭　捷克和奧地利

足跡　遍布各地


一次又一次考核

一天又一天練習

克服一重又一重壓力

琴聲響徹悶熱的地下室

這是夢想的聲音

衝破一切枯燥封閉

那些汗水　不會浪費

披荊斬棘的向前行


舞台燈太亮　演奏服太美

捨我們其誰

台下很安靜　台上是戰友

滿分的默契

愛上主持　學會帶領

美術館市集　兩廳院金廳

世界第一　完美落幕

我們為挫折哭泣　為勝利歡慶


畢業後物換星移

鮮花掌聲歸於沉寂

大考後步入高中

從此少有機會拿琴

身旁無人能談音樂

話題如同平原峭壁

收好了小提琴和禮服裙

再不能演奏給世界聽


你們是否也經常回憶

那艱苦而閃亮的經歷

當時我們如此年輕

像彼此攜手就能撼動大地


誰會喜歡練琴

只是付出後的感動早已刻入心底

擦拭著紀念冊和獎盃微笑

如此烙印又怎能忘記


——於是我寫下你


2022/9/7 9:50

孤
.
島

# 台北雨大

陰雲密布的台北下著雨

轟隆隆的像怪獸的憤怒

瘋狂的水柱用力砸出一面布幕

將地面到天空都變得模糊

城市的每一里都像深山小路

奔騰的怒吼讓行人望而卻步

好不容易下定決心邁出

瞬間濕透了全身只能崩潰痛哭

*2022/9/12 15:56*

# 壬寅年五月記事

剛入夏的空氣黏膩

被束縛的口鼻有些窒息

今天又多添了兩萬八千例

這討厭的疫情


國三的寒假多了幾週

幾個月網課過了高一

今年沒了上兩週　下兩週

整天在停與不停之間游移


從兩年前的輕視到今日的束手

我害怕以後被需要「躺平」

真羨慕如今還堅持與病毒為敵

才多幾分安心


隔壁的那班又有確診

前桌的某某被框列隔離

一波又一波如洪水來襲

這一刻離幽冥最近


未來遙遙無期

兩年半春夏秋冬循環

該去的地方沒去

該來的溫暖沒來


七步遠的手被凍成一塊冰

七十圈公轉被熒熒鬼火澆熄

口罩卸下後想必不用再徘徊

我們在盛夏期待春暖花開


*2022/5/5 14:50*

# 確診

收拾好一天疲憊的自己

準備休息等待天明奔忙

凝結的霧和

沉重發熱的身軀

吐出兩條紅繩將我綑綁


畫下一道楚河漢界

假裝自己很好

自己吃藥自己睡　自己喝水

關了燈我凝視黑夜

任憑鼻涕和咳嗽侵略

與病魔拉鋸　晝夜未歇


不能幫忙家事的無奈

帶著鼻音線上教學　每天吃外賣

至少這是能緩一口氣的假期

要滿懷慶幸


寬鬆和自由漸漸握在手中

可與病魔的距離卻越來越近

人們在紅繩下擁抱

喊著鬆綁　戴著口罩

忘記身後的影子永遠抱著你的腳

孤．島

七天後記憶清除

彷彿我從未被透明牆攔阻

世界如常運行

反正一個小人物咳嗽幾聲

又有誰會記住


*2022/10/18 12:02*

# 筆談

——致國小同學


鳳凰花又開

才驚覺五年已過

明年滿十八

早遠離了天真稚拙


想提個問題

「你們記得那時嗎？」

那些快樂　那些遺憾

那些努力　那些狂歡

那些全力以赴

那些同舟共濟

是否被時間抹平

淡成一點輪廓依稀

近看卻模糊的回憶


當年我寫詩

筆下是溫馨的雞毛蒜皮

今日故人變了模樣

可我仍未停筆：


畢竟這個世界太大太可怕

但那兩千多天

是我最初的烏托邦


*2022/6/29 13:20*

# 後台

鐵桌　椅子　木地板

琴盒　鋼琴　紅布幕

抬頭　黑壓壓一片燈架

俯首　外套上疊著幾張稿紙


熄燈　更衣　觀眾席

亮燈　奔跑　喧鬧聲

燈滅　世界陡然安靜

轉身　燦爛就在前方


幕啟

掌聲響起

2022/3/29 11:00

孤　島

# 游泳課

水波湛藍

顏色鮮明得過度飽和

一條條魚在岸邊踩水

漾起圈圈漣漪擴散


魚兒跳下水

只餘幾抹紅藍泳衣

和瞬間迸裂的白色浪花噴泉

波光粼粼

碎片的光湧在滿溢的水面


他們來回巡遊

如在多少海哩之外

順著洋流拍動閃亮的魚鰭

比常人更有生命力


我坐在寬敞的淺色岸邊

背靠穿透大片落地窗的陽光

面朝同樣透明的街道

和滿懷好奇的人與蝴蝶


轉瞬之間

魚兒全都離水而起

洗淨氯液　烘乾身體

只有那藍得過分的泳池

還在蕩漾漣漪

*2022/11/15 11:27*

孤
島

# 七里香

翻開書扉

藍色的字在紙上

流淌


老師送我《七里香》

時隔六年

仍倒影著芬芳


於是我知道

這個世上的好人

還有不少

*2022/10/28 12:15*

# 綠屋子

水泥房的頭上戴著綠絨絨的帽子

白花開在髮尾　垂著幾絡青絲

牽牛在房稜上跳舞

薔薇在牆角探頭

電線上停著麻雀

水管旁攀著松鼠

屋頂灰瓦邊有燕子築巢

門口花盆下有蝸牛徘徊

被水漂洗的宣傳單早已發白

被周遭大樓遺忘的小平房再無人煙

只餘下生機勃勃的秘密

藏在不起眼的綠屋子裡


*2022/4/15 10:45*

我在夜深處等你

# 送別

—— 致一切有緣人

生命中

有些相遇　有些離別

長長短短　總是會分離

只是你的不捨

不想只珍藏　曾經的回憶

有時候

很執拗

想和時間抗衡

又敵不過它


也許

每人都不是別人的唯一

　　　心中至少得裝下自己

他有他的夢想

他有他的職業

他有他的熱情

他有他的生命


曾經的歡笑

曾有過的共同記憶

彼此記著　就好

茫茫人海有過一段緣份

就該知足　就該珍惜


不捨　還是要分別

一天又一天

還在手的時間

別浪費在哭泣


不是逃避　不是永別

只是為一段日子劃上句點

也許只是逗號

也許只是分號

離去也許只是為了新的段落

此刻　太奢侈

擁有回憶已足夠

若總是不捨離別

漫漫長河盡是晶瑩的淚水


微笑　再見

下次有空再見面

將希望放在未來

相信　永遠


*2018/5/19 20:26*

# 天光大亮

窗外

立著一棟棟高樓

綠樹在風中搖曳

太陽很大

大樓的顏色很淺


天邊

堆著團團白雲

作為城市的背景

它的白深淺分明

越向上越淡　直至消散

無際的天空很藍

像童話大結局時的樣子

清澈的天空嵌著雪白的棉花糖

彷如一幅三維油畫


窗內的牢籠困不住鳳凰

窗外的世界也並不遙遠

天光大亮

快些衝破窗

飛向天空　去闖


*2022/8/8 11:45*

# 五感

看著他們一簇一簇聚成團

聆聽他們毫無意義的狂歡

鄙視與憤恨被蓋上薄霧

我早已看淡


觸碰過真摯團結的開心

品嚐過質疑背叛與漠然

不曾感謝　一向相對

我們從來無關

窗外飄來溫暖的風的氣味

心裡的火焰不會輕易自燃

更上一層樓就不再被煩惱打擾

我正享受孤單


*2022/8/9 14:50*

# 曬太陽

成天坐在封閉的小世界裡

躍動的活力日漸磨蝕消亡

激動　平淡　五味雜陳

與其陷落　不如曬太陽

綠草微風紅跑道

午後的操場暖洋洋

風吹散孤憤　太陽鋪滿心底

於是我又開始奔跑　滿懷希望

*2022/9/16 15:59*

# 換

不要將力氣都用在平日

要給危急留點驚喜

不要將幸福都用在順遂

要給逆境留點溫馨

不要將心房全為當下敞開

要給未來留點懸念

不要將風景都用在兩側

要給前方留點美麗


夕陽不只在一座崖頂看得到

換座山或許風景更好

溫暖不只有一個人能給予

換個心境也許才能平靜

眺望不只有登頂能做到

換條路在山腰俯瞰也很好

回憶不只有哭泣值得記憶

換作共度的點滴也能夠存起


在千年印刻著你笑顏的世界

夜空能低垂　星星會相隨

遠方的銀河不是誰的淚

而是透明如琉璃的夢境中

人們牽著手

看雨絲滴滴答答的敞開心扉


*2019/4/30 19:15*

孤
．
島

# 步步生花

步步生花

萬紫千紅自筆尖綻放

寫下歡喜

寫下憂傷

霎那間

如琉璃色墨般的晶瑩

就在水底草間蕩漾


*2019/8/26 21:40*

# 夕陽船

夕陽下的幾艘小船

在被落日染成橘黃色的水波上蕩漾

遠遠的天邊有淡淡的光


遠處傳來曠遠的鳥鳴

寧靜　緩緩灑落水面

聲聲慢　聲聲懶


太陽即將落下

船在港口中歇息　輕嘆

遠方的海市蜃樓

明知是假仍然留戀其中


夕陽下的幾條小船

在被落日染成橘黃色的水波上蕩漾

彷彿又回到了記憶中的家鄉

*2021/11/16 8:30*

# 夕陽遊樂園

風吹過港口

掀起船底的層層水波

呼呼的

像摩天輪上一閃一閃的燈


蓬鬆的棉花糖黏牙沾手

喧鬧的歡愉漂浮在空中

愛笑的風琴盡情的唱歌

復古的氣息朦朦朧朧

四周響起午夜的鐘

魔法的消逝快如驚鴻

五色的霓虹燈漸漸暗去

遊樂園暗成一片黑夜

只剩童話歌謠縈繞耳中


*2021/11/16 9:00*

# 立冰

—— 致敬花樣滑冰


是誰立於冰上？

如雪松鴻羽般輕盈

卻又翩麗恢宏的堅定

躍起　傾盡生命的力量

是誰曾橫空出世？

百經磨難　卻不改一切的堅持

是誰曾生於荒蕪？

而綻放成玫瑰與遺憾的堅強

是誰面容模糊？

卻掩不住群星爭輝的光芒

有誰永不停止挑戰

只為那華美至極限的技藝

有誰細膩而悲壯

或歡快或決絕的情感

有誰在嘆惋沉緬

那能圓夢卻永不圓滿的故事

有誰的歲月即逝

光亮暗淡　只餘物是人非的缺憾


一年一年　日月翩躚

伴著悠揚音樂將美麗譜寫

在冰上起舞　在入夜前征戰

如蝴蝶飛向燃燒的火焰

而你的美太柔和　帶著決絕

卻薄如溫雪

天亮了

有人將繼續　而有人已不再向前

留下的燦爛不會遺忘

已書寫的傳奇永不消散

談不上匆促　說不上悲歡

與遺憾相擁　與傷痛深吻

請堅持著信念對抗無盡的黑暗


跳吧、跳吧！

旋轉、旋轉！

滑向未知的前方

或許立於天光　或許墜落深谷

反正熱愛總是相斥於平凡

*2022/11/4 10:05*

孤
・
島

# 逆風的人

——致敬中國短道速滑以及逆風前行的中國人


冷風呼嘯

冰屑疾馳著掠過耳畔

那逆風的人

仍拼盡全力狂奔

被甩在後方的不是賽道　是追兵

所以要超越　衝刺

奮不顧身

純白無痕的冰面

倒映著九千多天的汗水揮灑

從稚嫩到獨當一面

依然堅持乾淨的信仰

撐下去　滑下去

一直滑到最高榮耀的殿堂


誰不年輕　不熱血

不嚮往在領獎台上為國爭光

向污穢與不公怒吼

以冰刀劃破黑夜

鏟去徬徨　何懼風狂

滑過沉默年月

擦出零下九度最亮的光

孤
島

凱歌高唱　勝利在望

在世界各地別上金色勳章

全新賽季　更強力量

披上紅袍　踩著冰刀

熱身　上場


發令槍響


*2022/11/3 14:38*

# 歸人

我走過有你的江南

看見蓮花與寂靜的開落

你達達的馬蹄我曾在別處聽聞

走遠後　世界再無他人


我走過康河的柔波

沉湎在一船瑩亮的星輝間

你帶著一身浪漫悄然離去

如雪花輕盈的飛颺


我走過街角的天邊

看著黃昏的站台一年又一年

無數人縮小的影子拉得好長好長

讓歲月來傾訴永遠


我走過江畔的城市

那兒有黃鶴飛去　也有百層高樓

朋友　不要視我作陌路

我已回到故土


*2021/12/17 15:39*

# 序

——致文學家

濃麗的玫瑰謝了

清晨的雛菊才正要開

兩片　三片　飄到天邊

留我在風中嚼著幾抹極淡的韻腳


黑白照片的邊緣發了黃

銅版紙寫滿了水漬　煙

和火焰的署名

老舊的笑臉是三萬七千個太陽

留我在荒蕪中執著長長的網

捕捉一點明亮的夢


沉默的書頁朽爛了

溫柔的任蠹蟲啃噬歲月和皺紋

墨跡模糊成了千萬人仰望

千萬人困惑的寂寞

留我在河的另一頭呼喚

試圖握住簌簌落下的

幾隻飄逸的字


*2022/10/21 14:00*

# 我在夜深處等你

——格式來自洛夫《愛的辯證》

夜來到窗台

進屋

一步步漫至腳下

浮在黑暗上的兩隻眼睛

仍炯炯然

望向一道清澈海洋

兩耳傾聽晨光驅散荊棘的窸窣


日日

月月

孤
．
島

千百次淹沒我窒息的胸口

窗邊氤氳霧氣

身上傷痕歷歷

心，在漩渦中堅定如崖上燈塔


緊守高窗

我在孤島上等你

夜來我在夜深處等你

光來

我在故鄉等你


*2022/10/21 16:00*

# 照光

——致林海音

我在城南見過小小的英子

她牽著我跑過寬寬窄窄的胡同

吱呀的門　忙忙碌碌的街

我聽著稚嫩的說書聲流了淚

她卻朝我平常的笑起來


我在山邊見到堅毅的校長

身旁跟著懂事的女孩　靜靜的看花

安詳的老校長微笑著講述初戀

漂泊的雁在沒有風雨的屋裡點亮了燭光


我在叮叮噹噹的人聲中看見北平

回頭　瞥見柴米油鹽中的台灣

光陰靜淌　笑容流轉

那些會痛的和溫暖的

都在你一頁頁的稿紙中凝結

成整片和煦的光


*2022/10/26 12:03*

# 逍遙

## ──致周夢蝶

一隻螢火蟲

將你的生命燭火般亮起

你自黑海打撈綺麗的夜

而夜一如往常

是整排莊嚴沉靜的巨擘中

最燦爛的那個

*2022/10/26 12:49*

# 盛夏

—— 致楊喚

你是夏日夜晚的一點螢火

在黑色世界中央拍著手唱歌

他們總將你視作孩子

而未細聽那銀鈴般的純粹


老鷹掠過你藍天的屋頂

呼的一聲

留下一抹初夏的飛機雲

暮色中有人敲醒你的門鈴

像白鴿捎來人間的信

我說：我是城市中的點燈人


你忙碌至夏末

鉛筆告訴你是時候休息了

於是你的一生便平整成

那一冊詩集封皮上的大地


可愛的風兒有家

它只是喜歡到處去旅行

輕飄飄的雲兒有家

它住在每個陽光普照的地方


浪漫的詩人最幸福了

文字就是我們溫暖的家

在家裡安安穩穩的生長


*2022/10/26 13:58*

# 清音

——致林徽因


風走向青綠的白楊樹

柔軟的與她共舞

落葉淡淡的

淡淡飄落天空

輕盈

是筆下的沙沙聲


窗外飛進幾縷歌謠

如絲緞流瀉

銀河揮灑，隨後

我唱出了深深的

笑的漩渦

在白色鈴蘭的絮語中

瞥見一個世紀的倩影


我傾聽著優雅的瓊音

寫不出那樣的意義，但

仍試圖汲取一點清泉

待風過後

擁抱整座澄淨的四月天


*2022/10/27 15:24*

# 過客

——讀鄭愁予《錯誤》有感

我像是一個過客

走過一段又一段五顏六色

又被拋在身後的路

我像是一個遊人

到每一站景點　停下

在離去前走馬觀花

我像是一個點燈人

亮起街邊的盞盞油燈

又在身後盞盞暗去


我像是一個觀察者

看著一頁頁故事翻開又闔起

靜靜的不發出一點聲音


*2021/12/15 10:06*

# 江湖

——致金庸


佇足最多的那層書架

有我如數家珍的江湖武俠

沸騰的熱血啊　鮮亮的情

衝破曲折的故事策馬向遠方


楊大俠多瀟灑　可惜沒早點遇見小郭襄

金蛇郎君愛恨風流　下場卻淒涼

蕭峯英雄蓋世　但滿肩悲懷無人問

白馬上的少女再好　哈薩克少年依然不愛她


俠義之風沁入每紙書頁

廣闊的世界在眼前浮現

意氣風發的少年永遠不老

始終追尋著最初的信念


潮起潮落　草長翩翩

持劍立於風中

看盡世間的一切

花開花謝　四時更迭

我再次翻開不落俗塵的經典

望向你沉眠的藍天


*2022/11/4 12:37*

# 本星系群愛情故事

（一）

致土星和地球人的一封信

我自遙遠彼方來

身形比夢還輕

非偶然邂逅了你

靠近　繞行於一環環堅冰

我帶著滿腔好奇而來

無條件永遠面向你

你的龐大　震撼

和組成的塵埃氣體

我都如實銘記


二十年光陰流逝

故鄉開始喊我回家

我的任務已經完成

我生命的盡頭即將到達

你說你有些不捨

雖然你是行星而我只是機器

我說地球是故鄉

但你　現在你是我的家


墜落　燃燒

如一顆真正的星落入懷抱

那瞬間擦出的光

是遠方人類筆下的幾行數據

卻也是我在世間的最後火花

消失在寂靜的夜空中

五年　再五年

不會被長久記憶

我又知道了關於土星的好多秘密

可惜不能說給你們聽


我再也沒有回到故鄉

但幸而在土星安家

從出生我就已預知死亡

所以結局如此浪漫

我哪有什麼遺憾

人類　感謝你們的科技

我是你們的眼睛

如今看著從不間斷的探索

我很開心


祝願一切都好

我們也經常遙望地球

還有太陽　黑洞　星雲

我們共同行走在黑暗裡

替你們望向無盡

噓　別因為結局哭泣

面對太空

要永遠保持好奇


你們的　卡西尼（Cassini）


*2022/11/8 21:45*

孤
.
島

（二）

晚安小兔子

——致月球車玉兔

小兔子跳上了月亮

不搗藥

但會蒐集資料

蹦躂著忙碌　偷偷湊過來

告訴我們月亮的小秘密

填滿所有好奇心

小兔子不孤單

寂寞時有嫦娥姐姐陪伴

還有弟弟妹妹經常過來玩

想家了可以坐下來

在恆久漂浮的夜晚

只有水藍色的地球最好看

同時想：有沒有地球人

注意到月亮上的兔子？


小兔子也會累

工作了好久

早已超額完成任務啦

月亮讓兔子好好睡

有一個長長的夢要送給它

小兔子攤開手

幾千顆星星就全部飛向地球


如果看到了更深的宇宙

記得拍照發給我

真高興我是一隻特別的兔子

所以能看到星空之外的星空


收到！

睡覺時間到了

謝謝你們創造了我

仰望天空就是要敢於做夢

同時想：有沒有地球人

注意到月亮上的兔子？


*2022/11/9 19:51*

（三）

星星上的仙熊

──致熊貓團團

（1）

夜幕降臨了

你躲在烏雲身後

向億萬哭泣的人

招招手

就招出了整片星空

（2）

滿屋的儀器停了

只剩籠外的機器嗡嗡

一室空白

角落盆栽的樹掉了一片葉子

你抬眸

看了最後一眼鏡頭

它將被印在明天的報紙頭條

配著麵包和牛奶送到家家戶戶

但以油墨拼湊的眼神

卻與過去十八年的茶餘飯後

並無不同


（3）

新聞迸散

如巨石墜入水中

有人淚如雨下

有人在黃昏的高速上嗚咽

有人在深夜想到家鄉

有人只是沉默

多數人自在　冷漠

彷彿沒有任何事發生過

悲傷被嚴令禁止

所以再多回憶也不會留在心中


（4）

晚上我來送你

翻山越嶺

帶著滿滿的愛心

穿過黑暗與凜冽寂靜

抬頭

我看見漫天繁星

於是悲傷在瞬間釋然

那是你的回音


（5）

你自由了

每天開開心心

看討論自己的報紙

簽收所有愛意

你還要繼續團團圓圓

安撫大人們的意難平

然後跳進我的夢

搖身一變

變成一隻守護仙熊


（6）

有人說你啊

只聽得懂四川話

那麼這十八年來

你學會南方口音了嗎

我想和你說話

又怕你一開口

就是現在的生活巴適得很

只能偷偷記下

有空

去報門方言吧


*2022/11/21 13:31*

文化生活叢書‧少年文學家叢刊 1307A03

# 常玉新詩：孤‧島

作　　者　劉常玉
責任編輯　楊佳穎

發 行 人　林慶彰
總 經 理　梁錦興
總 編 輯　張晏瑞
編 輯 所　萬卷樓圖書（股）公司
臺北市羅斯福路二段 41 號 6 樓之 3
電話　(02)23216565
傳真　(02)23218698

發　　行　萬卷樓圖書（股）公司
臺北市羅斯福路二段 41 號 6 樓之 3
電話　(02)23216565
傳真　(02)23218698
電郵　SERVICE@WANJUAN.COM.TW
香港經銷
香港聯合書刊物流有限公司
電話　(852)21502100
傳真　(852)23560735

ISBN 978-986-478-818-7
2023 年 2 月初版
定價：新臺幣 320 元

如何購買本書：
1. 劃撥購書，請透過以下帳號
　帳號：15624015
　戶名：萬卷樓圖書股份有限公司
2. 轉帳購書，請透過以下帳戶
　合作金庫銀行 古亭分行
　戶名：萬卷樓圖書股份有限公司
　帳號：0877717092596
3. 網路購書，請透過萬卷樓網站
　網址 WWW.WANJUAN.COM.TW
大量購書，請直接聯繫，將有專人
為您服務。(02)23216565 分機 610

如有缺頁、破損或裝訂錯誤，請寄
回更換

國家圖書館出版品預行編目資料

常玉新詩：孤島 / 劉常玉著.
　-- 初版. -- 臺北市 ：萬卷樓圖書
股份有限公司, 2023.02
　面 ；　公分. --（文化生活叢書.
少年文學家叢刊；1307A03）
ISBN 978-986-478-818-7(平裝)
863.51　　　　　　112001270